Colección libros para soñar®

Rúa de Pastor Díaz, n.º 1, 4.º B
36001 - Pontevedra
Tel.: 986 860 276
editora@kalandraka.com
www.kalandraka.com

Impreso en Gráficas Anduriña, Poio
Primera edición: septiembre, 2020
ISBN: 978-84-1343-031-7
DL: PO 242-2020

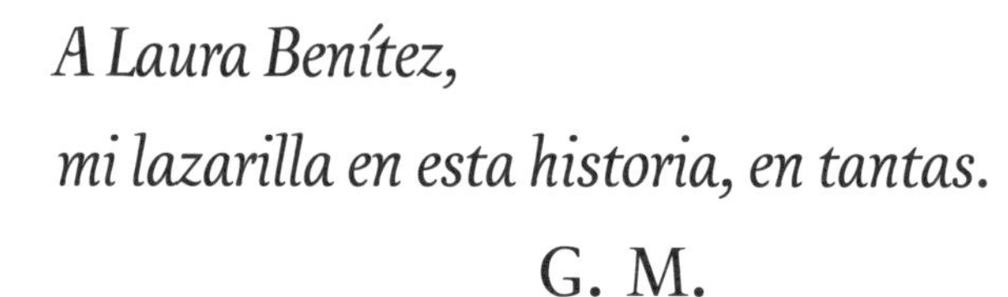

A Laura Benítez,
mi lazarilla en esta historia, en tantas.
G. M.

Para Gina y su mundo imaginado.
M. G.

Mi Lazarilla,
Mi Capitán

Gonzalo Moure

Maria Girón

Kalandraka

Camino a la escuela,
papá y yo avanzamos
por una selva de luces y sombras.
Y de sonidos.

Jugamos a acertar *coches-animales:*

–Ese es un Panda.

–**¡Escucha! ¡Un Escarabajo!**

–¡Un Jaguar, un Jaguar!

–**Creo que he oído un Seat León.**

Y soñamos con oír un día un Chevrolet Impala.
¡O un Ford Mustang galopando por la ciudad!

Mi mano es pequeña en la mano de papá.
Yo apenas veo, y papá no ve. Es ciego.
No ve las cosas, pero ve mucho más que yo,
que nadie en el mundo:
–Ese señor que nos hemos cruzado está triste.
¿Cómo lo puede saber?
–Cuidado, farola.
Y siempre es verdad.

Sí, Papá ve cosas que los demás no ven.

–Hoy el mar está bonito.

Solo lo oigo, pero puedo imaginarlo.

Recuerdo el verano. Las cosquillas de las olas.

–**Buenos días, Carmen.**

Y cuando sí, es Carmen, y nos saluda también,
me siento orgullosa y feliz.

Papá siempre está alegre.

Hace tiquitac con el bastón y a veces canta
mientras sigue el ritmo con él,
tititití, tititititá...

Y yo también, con mis zapatillas,
plasplás, papapaplás.

No hay nada que me guste más
que ir a la escuela con papá.

–¿Gafas?

–Sí.

–¿Parche?

–¡Tapando!

–¿Mochila?

–¡Sí!

–¿Bocata?

–Que sí, que síiii…

Me llama «Mi Lazarilla»,
pero la verdad es que, aunque yo veo un poco,
es él quien me guía, «Mi Capitán».

El mejor momento
es cuando tenemos que cruzar
el semáforo grande.
Mide 28 pasos.
Siempre esperamos.
Nos paramos
aunque la gente corra.

Mientras hacemos tiempo me habla de las cotorras
que vuelan persiguiéndose por encima de los árboles.
No sé cómo las cuenta, ni si es verdad,
pero dice que hoy son doce. ¿Dónde estarán las otras?
Porque a veces hay más de treinta.

Cuando se vuelve a abrir el semáforo,
cuando el borrón rojo se hace borrón verde,
tiro de su mano y echamos a andar.

–¡Ahora!

Uno, dos, tres, cuatro…
Contamos los pasos los dos a la vez.
A él le salen 16. A mí 28.
¡Qué emoción! ¿Llegaremos?

Imagino que cruzamos un puente,
por encima de un río que ruge, brum, brum.
¿Y si se rompe? Pero no, no se rompe.

Y, al dar el último paso, el 28,
levantamos un poco el pie. ¡Y el bordillo!
–**¡Bien, «Mi Lazarilla», bien! Bien no: requetebién.**
Giramos a la derecha, la escuela ya está cerca, se oyen voces de niños.

Cuando llegamos y se separan nuestras manos, me dan ganas de llorar.
Pero me aguanto.

–Hasta luego, mi niña.

–Hasta luego, «Mi Capitán». Y téngame cuidado con los jaguares y los leones.

Y nos reímos los dos.

No sé por qué,
pero siempre pienso
que, cuando vuelve sin mí,
camina triste.

Faltan cinco horas. Volveremos a reír.

Hola, mano. Adiós, tristeza.

–«Mi Capitán».

–«**Mi Lazarilla**».